繪本 0256

五百羅漢
交通平安

文·圖｜劉旭恭
責任編輯｜蔡珮瑤、李寧紜
特約美術設計｜崔永嬿
行銷企劃｜陳詩茵

天下雜誌群創辦人｜殷允芃
董事長兼執行長｜何琦瑜
兒童產品事業群
副總經理｜林彥傑
總編輯｜林欣靜
行銷總監｜林育菁
副總監｜蔡忠琦
版權主任｜何晨瑋、黃微真

出版者｜親子天下股份有限公司　地址｜台北市 104 建國北路一段 96 號 4 樓
電話｜（02）2509-2800　傳真｜（02）2509-2462
網址｜www.parenting.com.tw　讀者服務專線｜（02）2662-0332　週一～週五：09:00-17:30
傳真｜（02）2662-6048　客服信箱｜parenting@cw.com.tw
法律顧問｜台英國際商務法律事務所‧羅明通律師
總經銷｜大和圖書有限公司　電話（02）8990-2588

出版日期｜2009 年 12 月第一版第一次印行
　　　　　2024 年 8 月第二版第十次印行
定價｜300元　書號｜BKKP0256P　ISBN｜978-957-503-633-1（精裝）

訂購服務
親子天下 Shopping｜shopping.parenting.com.tw　海外‧大量訂購｜parenting@cw.com.tw
書香花園｜台北市建國北路二段 6 巷 11 號　電話（02）2506-1635
劃撥帳號｜50331356 親子天下股份有限公司

掃一掃聽故事

國語版　臺語版

立即購買 >

# 四百羅漢
# 五百羅漢交通平安

文・圖／劉旭恭

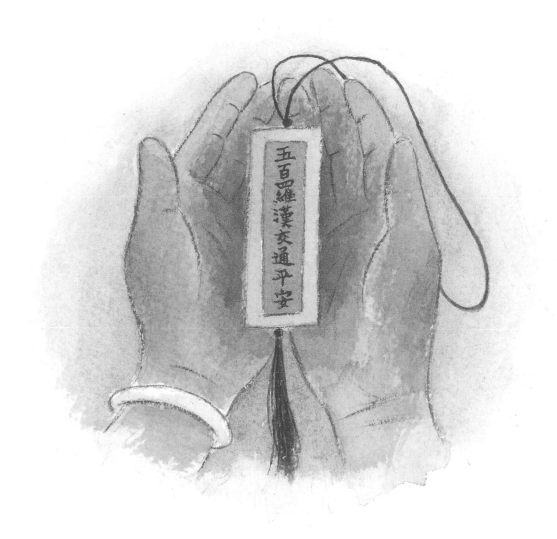

阿ㄚ媽ㄇㄚ走ㄗㄡ了ㄌㄜ很ㄏㄣ遠ㄩㄢ很ㄏㄣ遠ㄩㄢ的ㄉㄜ路ㄌㄨ，
她ㄊㄚ到ㄉㄠ山ㄕㄢ上ㄕㄤ的ㄉㄜ廟ㄇㄠ裡ㄌㄧ求ㄑㄧㄡ了ㄌㄜ一ㄧ張ㄓㄤ平ㄆㄧㄥ安ㄢ符ㄈㄨ。

阿ㄚ媽ㄇㄚ幫ㄅㄤ小ㄒㄧㄠ孫ㄙㄨㄣ子ㄗ繫ㄒㄧ上ㄕㄤ平ㄆㄧㄥ安ㄢ符ㄈㄨ，
符ㄈㄨ上ㄕㄤ寫ㄒㄧㄝ著ㄓㄜ：「五ㄨ百ㄅㄞ羅ㄌㄨㄛ漢ㄏㄢ交ㄐㄧㄠ通ㄊㄨㄥ平ㄆㄧㄥ安ㄢ」。

從此以後，小孫子不管去哪裡，

他<sub>ㄊㄚ</sub>都<sub>ㄉㄡ</sub>戴<sub>ㄉㄞ</sub>著<sub>ㄓㄜ</sub>平<sub>ㄆㄧㄥ</sub>安<sub>ㄢ</sub>符<sub>ㄈㄨ</sub>。

五百羅漢總是跟在身旁保護他。

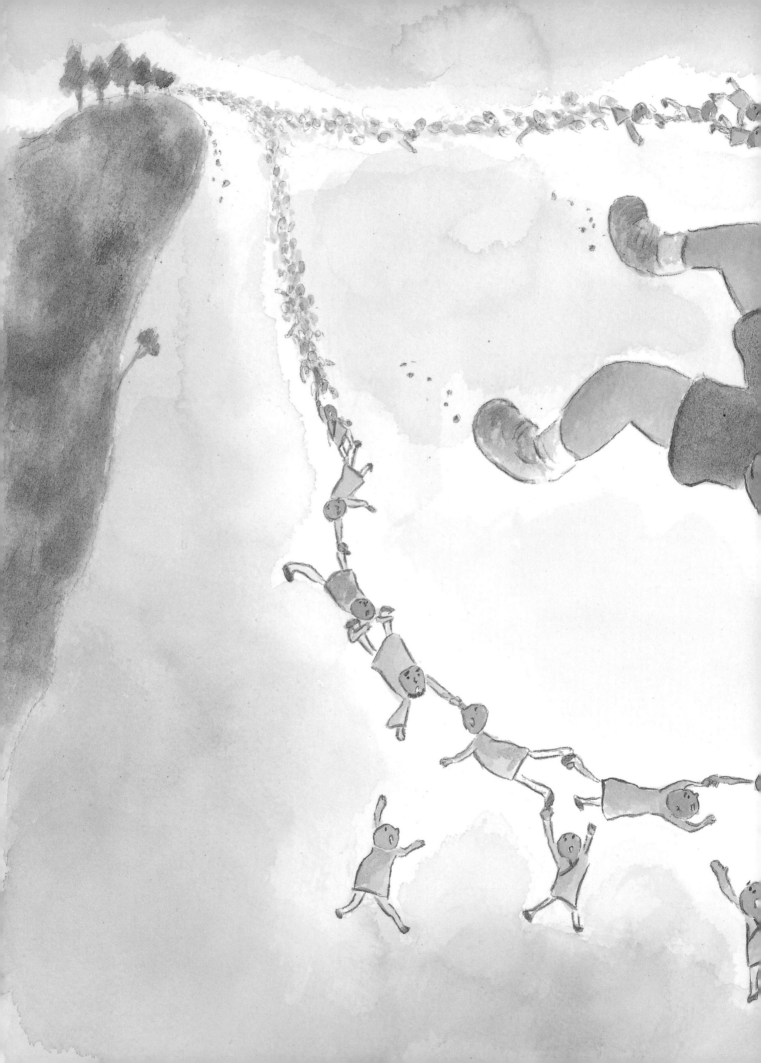

小ㄒㄧㄠˇ孩ㄏㄞˊ三ㄙㄢ歲ㄙㄨㄟˋ了ㄌㄜ˙，　有ㄧㄡˇ一ㄧ天ㄊㄧㄢ他ㄊㄚ到ㄉㄠˋ山ㄕㄢ上ㄕㄤˋ，　不ㄅㄨˋ小ㄒㄧㄠˇ心ㄒㄧㄣ
掉ㄉㄧㄠˋ下ㄒㄧㄚˋ懸ㄒㄩㄢˊ崖ㄧㄞˊ，　五ㄨˇ百ㄅㄞˇ羅ㄌㄨㄛˊ漢ㄏㄢˋ手ㄕㄡˇ結ㄐㄧㄝˊ成ㄔㄥˊ網ㄨㄤˇ跳ㄊㄧㄠˋ下ㄒㄧㄚˋ去ㄑㄩˋ救ㄐㄧㄡˋ他ㄊㄚ。
　　　　　最ㄗㄨㄟˋ後ㄏㄡˋ，　小ㄒㄧㄠˇ孩ㄏㄞˊ平ㄆㄧㄥˊ安ㄢ回ㄏㄨㄟˊ到ㄉㄠˋ地ㄉㄧˋ面ㄇㄧㄢˋ，
　　　　　三ㄙㄢ十ㄕˊ六ㄌㄧㄡˋ位ㄨㄟˋ羅ㄌㄨㄛˊ漢ㄏㄢˋ卻ㄑㄩㄝˋ摔ㄕㄨㄞ落ㄌㄨㄛˋ深ㄕㄣ谷ㄍㄨˇ。

小孩六歲時坐飛機出國，
空中突然吹起狂風，
四百六十四位羅漢悄悄溜出去抵擋亂流。

最後，飛機順利降落，
七十二位羅漢卻被風吹走了。

小孩九歲時第一次坐船，
深夜的海上，　大海嘯漫天鋪地席捲而來，
三百九十二位羅漢跳下相疊，　高高舉起小船。

最後，　乘客都安全上岸，
數不清的羅漢卻被海浪捲走了。

這天夜裡，　小孩熟睡以後，
僅存的十羅漢圍坐在一起，
大師兄說：　「真希望我們可以有再多一些
力量和時間。　」
燭火搖曳，　師兄弟們皆沉默不語。

日<sub>ㄖ</sub>子<sub>ㄗ</sub>一<sub>ㄧ</sub>天<sub>ㄊㄧㄢ</sub>天<sub>ㄊㄧㄢ</sub>過<sub>ㄍㄨㄛ</sub>去<sub>ㄑㄩ</sub>， 十<sub>ㄕ</sub>羅<sub>ㄌㄨㄛ</sub>漢<sub>ㄏㄢ</sub>更<sub>ㄍㄥ</sub>團<sub>ㄊㄨㄢ</sub>結<sub>ㄐㄧㄝ</sub>了<sub>ㄌㄜ</sub>，
他<sub>ㄊㄚ</sub>們<sub>ㄇㄣ</sub>努<sub>ㄋㄨ</sub>力<sub>ㄌㄧ</sub>保<sub>ㄅㄠ</sub>護<sub>ㄏㄨ</sub>小<sub>ㄒㄧㄠ</sub>孩<sub>ㄏㄞ</sub>，
有<sub>ㄧㄡ</sub>空<sub>ㄎㄨㄥ</sub>就<sub>ㄐㄧㄡ</sub>認<sub>ㄖㄣ</sub>真<sub>ㄓㄣ</sub>練<sub>ㄌㄧㄢ</sub>功<sub>ㄍㄨㄥ</sub>， 增<sub>ㄗㄥ</sub>強<sub>ㄑㄧㄤ</sub>自<sub>ㄗ</sub>己<sub>ㄐㄧ</sub>的<sub>ㄉㄜ</sub>力<sub>ㄌㄧ</sub>氣<sub>ㄑㄧ</sub>。

小<sub>ㄒㄧㄠ</sub>孩<sub>ㄏㄞ</sub>也<sub>ㄧㄝ</sub>漸<sub>ㄐㄧㄢ</sub>漸<sub>ㄐㄧㄢ</sub>長<sub>ㄓㄤ</sub>大<sub>ㄉㄚ</sub>， 成<sub>ㄔㄥ</sub>為<sub>ㄨㄟ</sub>一<sub>ㄧ</sub>位<sub>ㄨㄟ</sub>少<sub>ㄕㄠ</sub>年<sub>ㄋㄧㄢ</sub>。

有一天，十二歲的少年獨自坐火車到遠方，
行到途中，列車突然失控傾斜衝出軌道，
十羅漢立刻飛身躍出，
伸出雙臂奮力擋住火車。

很久很久，列車終於停住了。
翻覆的車廂內冒出陣陣濃煙，
羅漢們挺身圍住已昏過去的少年，
凶猛的火焰很快吞噬九位師兄弟，
大師兄很想哭，但他仍撐著不讓自己倒下。

這時，熱氣喚醒了少年，
他猛然張開眼睛，
前方小小的身影搖搖欲墜。
很快的，他抱起羅漢衝出車外。

真的是長大了啊～

大師兄微微一笑， 用最後一點力氣
對少年合十鞠躬，
慢慢化為灰燼飄進天空，
少年忍不住淚流滿面。

少年將平安符解下，用手細細撫摸，
他遙望遠方天色光亮，
自此，開始踏上一個人的旅途。

# 感謝所有的真心

　　好幾年前我在朋友家看見一張平安符，上面寫著「五百羅漢交通平安」，我想像當平安符的主人遭遇災難時，會有五百位羅漢挺身出來化解，哇！這是個很棒的故事呢，興奮之餘，我開始思考造型和劇情，試畫幾張後，很快就遇到瓶頸了，故事該怎什麼收尾呢？我想了很久卻毫無頭緒，只好停下來。

　　過了好幾年，有一次我看到某部漫畫的完結篇，哆啦A夢要回去了，但他放心不下大雄，擔心軟弱的他被人欺負，大雄為了讓哆啦A夢放心，跑去找胖虎單挑，就算被揍得趴在地上，他還是爬起來繼續勇敢面對。 最後胖虎害怕得逃走，不敢再欺負他了。

　　哆啦A夢看到了，跑出來和大雄擁抱痛哭。最後一幕是第二天早晨，大雄醒來，房間裡有陽光從窗戶照進來，一片安靜，他拉開抽屜，發現什麼都沒有，僅是一個單純的抽屜而已，沒有時光機，哆啦A夢安心的離開了。

　　我看到這裡，不覺深深感動，眼淚差點奪眶而出。

　　我想人長大了終究還是得獨立才行，那麼多照顧你陪伴你的人，早晚都會離開，最後依然要靠自己。我們怎樣才能長大呢？除了不讓人擔心，重要的應該是要回饋社會，小時候你受人家保護，長大了除了好好照顧自己外，有能力就去幫助別人，我覺得這才是真正的獨立。

　　就這樣，我想到五百羅漢故事的結尾了，耶，又可以開始畫了。

　　那時我沒把握畫好這部心中的曠世鉅作，光想到構圖就覺得非能力所及，但既然已想出結局，不畫太可惜，還是先做了再說。於是花了大約一週的時間畫出第一個版本參加展覽，還拿給出版社看，雖然被拒絕了，卻也多了些時間沈澱，思考圖畫可能修正的方向。

　　幾年過去，終於有機會出版了，我決定畫第二個版本，心想要帶有寫實風格，五百羅漢各有造型外 ，還想力求數目精確。沒想到與朋友討論後卻遭否定，灰心之餘，重新思考寫實原非我的風格，何必捨棄自己而外求，於是回頭以第一個版本為主，增修了新的構圖，但是自己較熟悉的風格。

開始上色時，我使用彩色墨水，選了較大尺寸的紙張，希望印刷時縮小會精美好看。當時手邊仍有工作，很多時候無法專心，反而心浮氣躁，越畫越趕，完成近三分之二時，突然發覺這些圖糟透了，我非常沮喪，心中明白已沒有成為鉅作的可能了，只有能不能畫完而已。

我放棄接近完成的彩圖，選擇較小張的畫紙重新打稿，改以壓克力顏料上色，一張一張的畫，心裡慢慢安靜下來，有一種回到原點重新出發的踏實感。完稿那天，我拿去彩色影印做成手製書，回家的時候，我站在十字路口，感覺自己全身的力氣似乎都耗盡了。

這本書能出版，真的要感謝許多人的幫忙與付出，回想自己的人生，總是得之於人者太多，出之於己者太少。我想起阿媽每次到廟裡拜拜，念茲在茲的都是兒孫們，所求都為了別人，很少在意自己，我的家人、師長、朋友和工作上的夥伴也多如此，他們默默付出，總不吝給予真誠的溫暖和鼓勵，更讓人無以回報。人的一生中，不知要受到多少人的照顧，才有可能平安長大，但願我們都能好好珍惜這些緣份，也盡己所能去保護別人。

謝謝所有的真心，不管看得見或看不見的。

## 劉旭恭

1973年出生於台北石牌，1995年參加「陳璐茜手製繪本教室」後開始創作繪本，作品曾獲信誼幼兒文學獎、金鼎獎、好書大家讀年度最佳少年兒童讀物及義大利波隆納插畫展入選。

繪本作品有「貝殼化石」、「好想吃榴槤」、「阿公的光屁股」、「請問一下，踩得到底嗎？」、「謝謝妳，空中小姐！」、「一粒種籽」、「下雨的味道」、「小紙船」、「到烏龜國去」、「大家來送禮」、「愛睡覺的小baby」、「橘色的馬」、「煙囪的故事」、「誰的家到了？」、「只有一個學生的學校」、「火柴棒姊妹」、「你看看你，把這裡弄得這麼亂！」和「車票去哪裡了？」等書。